# 남편도감

어쩌다 아내란 걸 하고 있을까?

이노우에 미노루 글·그림 | 한태준 옮김

다반
일상의 책

## 제3장　남편 동물원　061

## 제4장　남편 위인전　081

## 제5장 **남편의 취미**

# 제 1 장

# 남편의 기본적인 생태

# 남편은 어떤 생물이지?

남편에도 여러 가지 종류가 있지만, 기본적으로 어느 정도 공통되는 특징 몇 가지가 있습니다. 이 특징들이 현재 곁에 있는 남편이나 예비 남편들에게 어느 정도 들어맞는지 한번 관찰, 비교해 보세요.

■ **소통 능력이 부족함**
말하지 않으면 모릅니다. 말해도 이해하지 못할 때가 간혹 있습니다. 애초 분위기를 파악하리라고 기대하는 것은 당치도 않습니다.

■ **쉽게 상처받음**
마음이 유리로 되어 있는 것 같습니다. 마음이 약하구나 생각했는데 가끔 보면 양심에 털이 났나 할 정도로 뻔뻔스러운 면도 있습니다.

■ **집에서는 살이 약간 늘어지는 경향이 있음**
출근할 때는 자신의 살 10% 정도를 꽉 째여 나갑니다. 귀가하면 특히 등이나 허리둘레의 살이 늘어지기 시작합니다.

■ **두 가지 일을 동시에 할 수 없음**
멀티태스킹 기능이 탑재되어 있지 않습니다.

## | WARNING!
### 실은 쓸데없이 자존심이 높은 생물입니다.

자존심에 상처받으면, 곧바로 삐칩니다. 때로는 적반하장으로 화를 내는 경우도 있어 매우 위험합니다. 현저하게 의욕을 상실하여 그렇지 않아도 쓸모없는 남편이 더욱 쓸모없게 되어 아내의 입장에서도 그다지 이득은 없습니다. 아무쪼록 남편을 무시하는 듯한 말투는 하지 않도록 합시다. 또한 무언가를 시킬 때 아내의 "○○해"란 말투는 명령을 받는다고 느껴 남편의 의욕을 반감시킨다고 합니다. "당신 없으면 안 돼. 당신만이 의지가 돼"라는 분위기를 자아내서 부탁하는 것이 좋은 방법입니다...라니, 정말 어이없네요. 하나하나 그런 것까지 신경 써야 하다니!

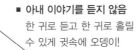

■ **아내 이야기를 듣지 않음**
한 귀로 듣고 한 귀로 흘릴
수 있게 귓속에 오뎅이!

■ **식사 중 음식 배분이 안 됨**
4인 가족에 고로케가 8개.
그런데도 태연하게 세 개째
에 젓가락을 옮기는 남편.

■ **눈은 장식임**
찾는 물건이 바로 옆에
있어도 "어디에 두었지"만 되
풀이하는 남편. 아내 모습이 바
뀌었는데도 알아채지 못합니다.
그러나 젊은 여성의 짧은 치마에
는 재빠르게 반응합니다.

■ **내심, 아내를 깊이가 없는 생물이라 생각함**
그건 그쪽도 마찬가지입니다.

■ **예전엔 약간의 근육이라도 있었음**
10대 학창시절 이야기네요. 지금은
오히려 힘이 약하다고 말해도 과언
이 아닙니다. 병뚜껑에도 절절 매는
당신을 보면~.

■ **소화기관이 약함**
쉽게 배탈이 납니다. 그러나 살짝 지난
음식을 먹여도 의외로 태연합니다.(남편
에게는 비밀로)

■ **틈만 있으면 드러누움**
집에서는 기본적으로 와불
상을 하고 있습니다. 깨달음
이라도 얻을 생각인지?

**와불상** 석가모니가 해탈하는 모습을 표현한 누운 불상

## 그 외에도 이런 특징이 있어요
### 잠재적으로 경쟁, 전투 본능이 있음

3살 때부터 파워레인저 같은 영웅에 푹 빠져
서 학창시절에는 액션 만화를 애독. 어른이
된 지금, 출세와 관련하여 그러한 경쟁 본능
을 불태우면 좋을 텐데, 어째서 게임이나 경
마, 도박 같은 것에 본능을 채우는 건지. 몬스
터가 아니라 비즈니스 기회를 사냥하지 그래!

# 남편의 뇌 구조

남편의 말도 안 되는 수많은 말과 행동을 보면 무엇을 생각하고 있는 건지 전혀 알 수가 없네요. 머리를 열어서 그 안을 한번 보고 싶다고 생각한 적이 있는 아내들도 무척 많을 겁니다. 아무래도 뇌 구조가 여자하곤 다른 것 같군요. 역시...

■ **결론에 빨리 도달하고 싶어 함**
남편은 결론에 빨리 도달하려는 경향이 있습니다. 그 때문에 대화는 오래 지속되지 못합니다. 확실히 해결되어 흡족해하는 남편 곁에서 "더 이야기하고 싶어"라며 아내는 욕구 불만 경향을 보입니다.

■ **감정보다 이론으로 움직임**
부부의 대화에 필요한 것은 이치에 맞는 의견이 아니라 따뜻한 감정인데요.

■ **데이터에 의지하고 싶어 함**
뭐든지 분석하고 싶어 하고 숫자로 표시되면 쉽게 이해합니다.

■ **정서적인 감정이 약간 모자람**
남편이 잘 공감하지 못하고, 배려가 부족하다고 아내가 느끼는 것도 다 이것 때문?

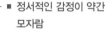

**뇌량**

좌우 대뇌반구를 연결하는 신경 섬유 다발. 우뇌와 좌뇌 사이에 정보를 교환하는 경로가 된다.(→다음 페이지 참조)

■ **네임벨류에 약함**
「NASA에서 사용」이라 쓰여 있으면 바로 구입.

물론 개인차는 있겠죠.

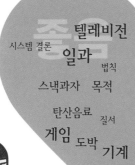

좋음

텔레비전
시스템 결론
일과
법칙
스낵과자　목적
탄산음료
질서
게임　도박　기계

경마

싫음

결론이 나지 않는 이야기
과정　변화
몸에 좋은 음식
임기응변
수단
연애 이야기

음～
나와 완전히
반대구나.

---

## 아무래도 뇌량의 미세한 차이가 원인 같네요.

좌우 대뇌반구를 연결하고 정보의 교환을 담당하는 뇌량.
남성은 여성에 비해 뇌의 단면적이 작다는 설이 있습니다.
좌뇌를 사용해서 대화할 때도 우뇌를 사용해서 감정이나 상상력을
끊임없이 주고받는 대화가 가능한(그렇기 때문에 쓸데없는
말도 많음) 여성에 비해, 양쪽 뇌의 연계가 약하고 좌뇌
만을 사용해서 대화하는 남성은 공감이나 정서보다
분석이나 이론에 치우쳐서 이야기를 한다고 하네
요. 복수의 일을 동시 진행할 수 없는 것도
그런 이유. 어쩌면 그렇게 된 이유는 사냥이나
전투 시 눈앞의 것에 집중하기 위해서 필요한
기능으로…라니, 더 이상 사냥을 하지 않아도 된
지가 얼마나 많은 세월이 지났는데! 이젠 좀 적당
히 원숭이에서 진화 좀 해!

좌뇌　우뇌

언어　오감
사고　직관
이론　정서
분석　상상

# 남편의 탄생과 진화?

이젠 적당히 원숭이에서 탈피 좀 헤!라고 말은 했지만,
이렇게 보니 원숭이 기간이 너무 길어!
그리고 남성이 '사냥, 전투'에서 해방된 것도 거의 최근의
이야기군요.
아직 진화가 덜 되었어도 어쩔 수 없네?

가끔은 맘모스 같은 것도 잡아 와 !

오스트랄로피테쿠스 아내

**2300년 전**

○ 초기문명 남편
촌락을 형성하고 벼농사를 하게 되었습니다. 촌락 간의 전쟁도 일으키게 되었습니다. 모계제도 속에서 남녀가 함께 있지 못하고, 여자의 위치가 그럭저럭 강한 시대였다고 생각합니다. 촌락 간의 전쟁으로 싸우지 않으면 안 되고 여자는 강했던, 어찌 보면 상당히 가엾은 남편입니다.

**만 년 전**

○ 크로마뇽 남편
외견은 이래도 현대인과 같은 호모 사피엔스입니다. 도구를 사용하고 매장 풍습도 있었습니다. 사냥한 후 사냥감을 집으로 가져오지 않으면 빵점 남편이 됩니다.

○ **오스트랄로피테쿠스 남편**
한 마리의 수컷과 여러 마리의 암컷으로 가족을 형성했던 것 같습니다. 강한 유전자를 지니지 않았다면 빵점남편 확정입니다.

**200만 년 전**

○ 현대 남편
생명의 위험이 없는 대신에
남자 역사상 최초로 가사와
육아라는 미지의 영역에 발
을 들여놓게 된 현대 남편들.
물론 가사와 육아를 한다고
해서 월급이 있는 건 아니에
요. 어떤 의미에선 남편 수난
의 시대일지도.

○ 중세 남편
**사나이의 시대로 돌입.**
그러나 이 시기의 남편들은 죽음
이 늘 가까이 있었습니다. 목숨 걸
고 전란에 나가 싸우지 못하면 빵
점남편 확정입니다.

○ 고도 성장기 남편
경제가 고도로 성장했다고 해서 딱히 남편도
고도로 성장하는 것은 아니었나 봅니다. 이 시
기, 일하지 않고 가족을 부양하지 않으면 빵점
남편으로 직행이죠.

1000년 전

현대

○ 주인님
조선에서 근대시기 초는
남존여비의 시대였습니
다. 그러므로 상당한 빵
점남자라도 주인님이 됩
니다.

○ 고대 문명 남편
남자 중심 사회이기는 했지만, 여전히 남
녀가 서로 같이 있을 수 없었습니다. 출
세와 능력을 겸비하여 시(문학)와 노래
(음악)등과 같은 예술적인 면에도 두각을
드러내지 않으면 빵점남편이 됩니다.

# 관찰해 봐요!

자주 사람을 짜증이 나게 만드는 님편의 행동이지만 어떤가요? 한 걸음 뒤로 물러서서 분석해 보면 약간 마음이 편안해지지 않으세요?

네? 안 편안하다구요?

이상하네요. 유인원까지 거슬러 올라가서 분석했는데요.

하지만 좀 더 관찰을 계속해 볼까요.

관찰 일기를 적어 보는 것도 즐겁지 않...군요.

알타미라 동굴(구석기 시대
동굴벽화로 유명한 곳)에
남편 관찰 일기를 기록하는
크로마뇽 아내.

## 남편은 이런 곳에 있어요!

### 오전 3시에는 거실

왜인지 침실에서 자는 것보다 거실에서 선잠을 자는 것을 더 좋아하는 모양입니다. 침실에서 자자고 잔소리를 해도 꿈쩍도 안 합니다.

다음 날 아침, 허리가 아프거나 감기에 걸리는 것도 이미 정해진 순서.

### TV 앞

머~ 엉~

아들도 함께→

## 남편의 활동 시간

사회적 제한(출근시간 등)이 없는 한, 기본적으로는 야행성입니다. 낮 동안에는 움직임이 갑자기 둔해집니다.

**남편의 휴일 생활 패턴**

## 포획해 봐요

남편은 만화나 스낵과자, 탄산음료를 가장 좋아합니다!
이것만 있으면 덫을 만들어서 간단히 포획할 수 있습니다!

※ 개체에 따라서 호불호가 갈립니다. 위의 것으로도 잡을 수 없는 경우에는 다른 것으로 실험해 봅시다.

---

몸과 마음 전부 TV 화면 안에 빼앗겨 있습니다. 말을 걸어도 듣지 못합니다.

## 화장실 안

일단 들어가면 좀처럼 나오지 않습니다.
도대체 안에서 뭘 하고 있을까 생각하면, 주로 남편은 만화나 게임에 몰두.
스마트폰의 등장으로
점점 시간이 길어지고
있다는.

# 남편 분포도

다음 장부터는 다양한 타입의 남편을 소개합니다.
그러나 이 『남편도감』에 실려 있지 않은 타입의 남편도 세계
에는 아직도 숨 쉬고 있을 겁니다. 발견하면 남편학회에 보
고 부탁드립니다.

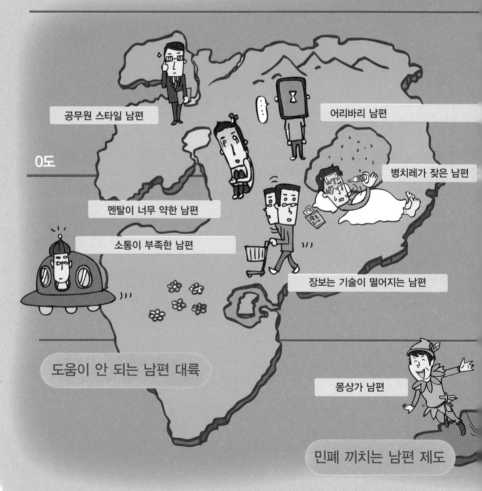

공무원 스타일 남편

어리바리 남편

0도

병치레가 잦은 남편

멘탈이 너무 약한 남편

소통이 부족한 남편

장보는 기술이 떨어지는 남편

도움이 안 되는 남편 대륙

몽상가 남편

민폐 끼치는 남편 제도

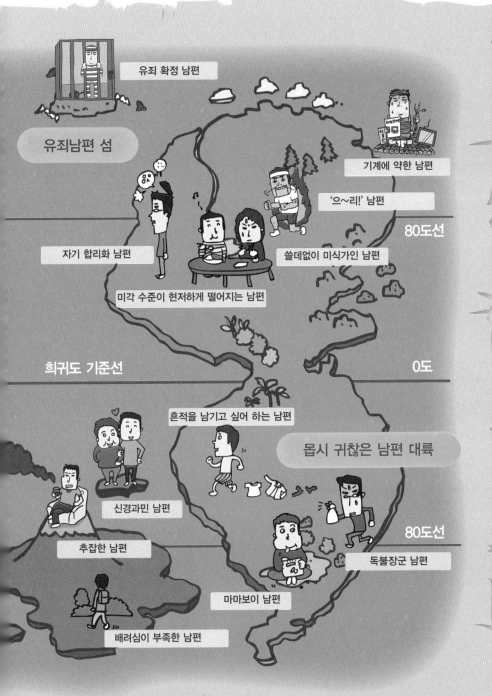

# 부부싸움에 대하여

종종 "싸운 만큼 사이가 좋나"라는가
"부부싸움은 칼로 물 베기"라고 하는 것처럼 우리 부부에 한해서 말하자면,
부부싸움으로 일이 잘 풀린 예가 많습니다만. ㅡ.ㅡ
어쨌든 서로 간의 논점이 일치하지는 않습니다.

싸움에 들어갈 때는 정말 사소한 일이었지만,
한 걸음을 더 들어가면 그곳에는 출구 없는 암흑 미궁뿐입니다.

서로 성과 없는 논쟁으로 두 사람 모두 지쳐 버려,
결국 판명된 것이라고 한다면 '서로 이해할 수 없다'는 결론으로 이르게 된다는 것.

위험, 들어오지 마시오
이 앞은 무한반복 지옥

따라서 저의 결론

## 부부싸움은 하지 않는 것이 가장 이상적입니다.

끝까지 파고들지 마! 너무 몰아붙이지 마!

덧붙여서 지금까지 저희 부부 사이에 가장 거대했던 암흑 미궁의 시작은
'탕수육에 소스를 부어 먹느냐 찍어 먹느냐'의 문제였습니다...시시해~

# 제 2장

# 다양한 남편

# 멘탈이 너무 약한 남편

## 👀 마눌님은 보았다!

- 비가 내리는 것만으로 외출 취소. 넌 도대체 고양이냐!
- 한 번 떨어진 자격시험은 두 번은 보지 않는다.

"문제가 안 좋아. 나하고는 맞지 않아"라며 책임 전가. 자신의 공부 부족을 반성하는 용기가 없을 뿐이잖아!

'멘탈이 약하다'라는 것은 흔히 쓰이는 말로 표현하면 '의지박약'.

운전 중 신호에 연속해서 걸리는 것만으로 "오늘 나, 운이 나쁜가 봐"(우연입니다). 유통기한 지난 음식을 실수로 먹게 되면 "왠지 배가 아파"(몰래 엄청 기한이 지난 음식을 먹였지만, 당신 건강하잖아요?), 직장에서 독감이 유행한다고 하면 "마디마디가 늘어지고 열이 있는 거 같아"(그러나 온도를 재면 평균 온도). 해외여행에서는 현지인에게 길 물어보는 것조차 하지 못하고(영어 실력 문제가 아님), 건강 진료에서 콜레스테롤이 좀 높다는 이야기를 들으면 "나는 장수하지 못할 거 같아"(그런 인간일수록 장수하던데요).

바퀴벌레 정도로 그런 엉거주춤한 자세는 뭐야! 살충제를 너무 많이 뿌렸잖아! 이미 죽어 있잖아!

"남자는 일단 문지방을 넘으면, 일곱 명의 적이 있다"는 일본 속담이 있는데, 한 집안의 기둥이 이렇게 겁쟁이여도 괜찮을지 걱정입니다. 네? 문지방 밖에서는 괜찮다고요? 자, 그럼 어째서 집에서는 저 모양이죠? 아, 아내의 기가 너무 세기 때문이라니...당신이 못 미더우니까 내가 강해질 수밖에 없는 거야!!

확실히 하라고!

 **경향과 대책**

당신 안에 있는 모성본능을 끌어모아서 남편이 아니라 '어리숙한 아들'이라고 생각하고 봐주세요. 자~귀엽게 보이지...않겠지...역시!

# 병치레가 잦은 남편

## 마눌님은 보았다!

- 잠깐 조는 것을 "의식을 잃었어"라고 말함. 뭐든지 다 병처럼 말하는 거 그만두지 그래?
- 독감으로 모든 가족이 앓고 있을 때. 가장 먼저 잠자리에 들고 가장 마지막까지 낫지 않는다. 집안일을 하는 나(발열 중)에게 병상의 남편이 감사의 문자를 보냈다. 너무 속 편해서 부러울 정도야.

'항상 중병을 가장하는 남편'. 정말로 병에 걸렸다면 어느 정도 안쓰러운 마음도 생길지 모르지만, 기껏해야 37도 좀 넘는 미열로 지금이라도 바로 죽을 것 같은 연기를 하는 꼴을 보는 날이면 속에서 화가 치밀어 오를 뿐입니다.

언뜻 보기에 허약해 보이는 초식계 남편뿐 아니라 스포츠맨 스타일의 억센 남편에게도 높은 비율로 나타나는 것이 특징. 평상시의 호기로운 기운은 어떻게 한 거냐! 30분마다 한 번씩 체온 체크 안 해도 괜찮아!

...처럼, 밤에는 이렇게 되는 것도 일종의 관례인 듯.
왠지는 개뿔, 단순히 낮잠을 너무 잤을 뿐이지. 냉큼 잠들지 못해, 내일은 일 나가!

 **경향과 대책**

병치레뿐만 아니라, 약간의 상처나 출혈에도 이쪽이 감당할 수 없을 정도로 정신적인 데미지를 받는 것이 남자라는 생물. 확실히 남편들에게 출산은 무리겠네요, 라고 남녀의 차이에 납득이... 남녀는 그런 식으로 되어 있구나 하고 생각할 수밖에요.

# 어리바리 남편

## 👀 마눌님은 보았다!

- 아이가 심한 복통으로 구급차를 불렀을 때, 구급대원이 '몇 살이죠?'라고 물으니, 남편 왈, "33살입니다."… 니가 아니야!!
- 자막 영화를 보지 못함. 그림과 글자 양쪽 모두 쫓는 것이 어려운 것 같다.

- 다양한 아내의 요구에 머리에 렉이 걸려 얼음이 되어 버린 것에도 불구하고, 렉이 심할 경우에는 오히려 상대방에게 화를 냄. 자기 성깔에 못 이겨 혼자 화를 내는 남편.

폴더폰조차 멀티태스킹 기능을 탑재하고 있는데, 언제까지나 시간이 흘러도 싱글태스킹인 남편들. 이렇게 적은 용량은 도대체 뭐란 말이야?

텔레비전을 보고 있을 때는 귀는 완전히 차단된 상태. 얼마나 재미있는 내용이기에...라고 보면, 그냥 광고를 보고 있을 뿐이잖아! 세탁물을 정리하고 있는 남편에게 말을 걸자, "나중에 해"라는 답이. 이러한 단순 작업에 설마 귀와 뇌를 사용하고 있는 것은 아니겠지!(아니, 세탁물을 정리해 줘서 감사함을 느끼지만~)

스케줄을 세 개 이상 동시에 전달하면 약간 충격을 받는 듯해. "한꺼번에 그렇게 많이 말하지 마. 항목으로 나눠서 문자로 보내 줄래?"라니… 니 뇌는 도대체 몇 바이트인 거야!

이러한 문제로 "바보가 아닐까?"라고 생각한 적도 수없이 많지만 특별히 그런 것 같지는 않고, 일반적으로 남성은 여성에 비해 복수의 일을 동시에 처리하는 능력이 열등한 것 같다는 생각이. 그 대신, 그들의 뇌는 한 가지 일에 집중하면 놀라울 정도로 진가를 발휘할…거지?

분명히( ← 희망)

 **경향과 대책**

이와 관련하여, 함께 영화나 드라마를 볼 때 내용에 관해서 이야기하는 여성의 행위가 남성 쪽에서 보면 이해되지 않는 것 같다. 보는 것에만 몰두하고 싶다나 뭐라나. 여성 쪽에서 보면, 두 사람이 같이 보기 때문에 함께 즐기고 싶은 것이지만~.

# 소통이 부족한 남편

## 👀 마눌님은 보았다!

- "자신의 부모님에게 보내는 연하장에 안부 인사라도 쓰지?"라고 건네면, 30분 고민한 끝에 "올해도 평안하시길"이라는 연하장에 인쇄된 문구를 똑같이 썼다. 응?

- 적어도 "잘 잤어?" 정도는 말해!
- 뭐든 상관없이 문자로 연락해 온다. 너의 그 입은 무엇을 위해 붙어 있는 거냐!

어째서 남편이란 생물은 이렇게도 커뮤니케이션 능력이 낮은 것일까요? 우선, 애당초 말을 하지 않아요. 그들에게 있어 가정 내에서 하는 '회화'의 중요도는 굉장히 낮은 것 같네요.

아마도 '패트병 분리수거' 정도의 위치를 점하고 있는 듯합니다(주 1회로 충분. 내놓는 것을 잊어버려도 썩지도 않으니 다음 주에 하려고 함). 어쩔 수 없이 이쪽에서 일방적으로 말을 걸어도, 남편은 늘 한쪽 귀로 듣고 한쪽 귀로 흘리곤 하죠. 겨우 회화를 할 수 있게 되었다고 생각해도, 논점은 항상 비껴갑니다. 그 말에 있는 의도나 진의도 파악할 수 없죠. '분위기를 파악해'라는 건, 그들에게 있어서는 이미 초능력급의 난이도입니다. 그 주제에 '말하지 않아도 아내는 이해하고 있어'라고 생각하고 있기 때문에 아연실색합니다. 그런 자신감은 도대체 어디에서 나오는 거죠? 텔레파시로 서로 소통할 정도로 우리들 부부 사이가 그렇게 좋지 않은데요.

어쨌든 의사소통에 관해서는 애완견 이하 수준입니다. 전에 장난감 회사에서 개의 울음소리로 마음을 번역하는 장난감을 만들었다는데, 꼭 남편의 마음을 번역하는 기계인 '남편 언어'도 발명되었으면 합니다. 아니, 쓸데없는 본심은 듣고 싶지 않네요.

 **경향과 대책**

같은 언어를 사용하면서도 전달되지 않는 안타까움에 짜증이 날 것이기 때문에, 차라리 가정 내 공용어를 영어로 해보는 것은 어떨까요?, 라면...서로 말수가 더욱 적어지겠죠?

# 공무원 스타일 남편

## 👀 마눌님은 보았다!

- 저녁밥을 짓고 있을 때 해산할 기미가 와서 서둘러 병원에 가서 출산. 퇴원 후에 집에 돌아와 보니 부엌은 일주일 전 시간으로 멈춰 있었다. 도중에 멈췄던 프라이팬의 요리도 그대로. 확실히 뒤처리를 부탁하진 않았다고 하지만~.
- 마트에 있는 남편에게 "우유도 사와요"라고 전화로 부탁하니 "이미 계산 중이라 힘들어"라는 답변이. 아직 계산 중이잖아!

획일적이고 융통성이 없는 남편. 매뉴얼대로밖에 못 하고 시킨 것을 시킨 대로만 하네요. 응용력과 상상력이 없죠. 창의적인 공부도 하지 않고 당연히 서비스 정신도 부족해 약간의 예측하지 못한 사태가 일어나는 것만으로 대응 불능 상태에 빠집니다. 전례가 없는 것에는 대처가 불가능하고 부탁을 받아들이지 않는 등, 혹 공무원 이야기냐고요? 아뇨, 남편 이야기입니다.

"아이 좀 봐줘"라고 부탁하면 그냥 가만히 바라만 보고 있다든지(아이가 다치는 순간에도 확실히 보고 있었지!), "10분 지나면 불 좀 꺼줘요"라고 부탁하면 냄비가 흘러넘쳐서 연기가 나는데도 개의치 않고 있다든지(아직 8분밖에 안 지났으니), 비가 내려도 말리고 있던 이불을 거둬들이지 않는다든지(부탁하지 않았으니까!), 정말로 개그 소재거리도 안 되는 이야기가 수북하네요.

"아니, 그 정도는 알아야죠?"나 "조금만 신경 써요"가 통용되지 않는 남편. '하나에서 열까지 설명'해도 부족. 뭐든 설명하지 않으면 움직이지 않는 남편에 비하면 오늘의 친절, 봉사 공무원이 확실히 더 유연하겠네요!

 **경향과 대책**

능력이나 일의 방식을 인정받는 것, 감사받는 것, 일에 충실감을 지니는 것... 이거 공무원 업무 개선 운동의 핵심. 남편 개혁에도 역시 통하는 지점이 있네요?

# 장보는 기술이 떨어지는 남편

남편이 사온 것: 양상치 등심

## 👀 마눌님은 보았다!

- "돼지는 얇게 썬 고기로 사와요"라고 부탁하면 "얇게 썬 거라니 몇 미리 정도?"라고 묻는 남편.
- 그렇게 오랫동안 장을 봤으면서도 부추와 파를 구별하지 못하는 남편. 거기에 적혀 있잖아요!!
- "쑥갓 사와요"라고 부탁하면 쑥을 사오는 남편.

남편이 장보러 나가는 것만으로도 충분히 감사하다고 생각합니다. 그러나 양상치와 돼지등심과 장미꽃으로 오코노미야끼가 가능하다고 생각해?

그 외에도 녹말을 부탁하면 1kg의 업무용 대용량 봉지에 담긴 것을 사오는 용감한 남편도 있어요. 어느 정도나 걸쭉하게 만들려고!

어린 아이들의 '처음 돈 쓰는 법'이라면 그럭저럭 칭찬해 주고 싶지만, 나이 먹을 만큼 먹은 아저씨의 돈 쓰는 법으로 이 정도의 성과라니~. 그런데도 가득 느껴지는 '칭찬해 줘 아우라'.

말하고 싶은 것은 수없이 많지만 여기서는 마음을 가라앉히고 우선은 예를 갖추기로 하죠. 그리고 '잘 모를 때는 바로 점원에게 묻는다'라는 기술을 가르쳐 드리겠습니다. 장보러 갈 마음만 있다면 언젠가 그도 장보기의 달인이 될 수 있을 거예요. 아마도~.

지금 머릿속에 흐르는 노래는 "힘내라, 힘 힘내라 힘… ♪"

남편에게 들려주고 싶은 노래냐고요? 아뇨. 내 자신에게 들려주고 싶은 노래에요. 정말 장한 나에게~.

 **경향과 대책**

남편이라고 생각하니 화가 나는 거예요. 자, 머리에 쇼핑백을 메고 어슬렁거리는 골든 리트리버가 보이시죠. 그렇게 당신이 키우는 애완동물이라고 생각하면 편안해집니다. 박명수를 받쳐 주는 유재석과 같은 관대한 기분으로 "무한도전!".

# 기계에 약한 남편

## 👀 마늘님은 보았다!

- 원래부터 사용 설명서를 읽는 것만으로 혼란스러워 함.
- 남편이 컴퓨터를 건드리면 항상 먹통이 된다든지 에러가 생김. 컴퓨터도 남편을 다루기 힘든 듯.
- 자존심이 걸리는지 "포기"라고 말하지 않고, 조립할 수 없는 것을 다음 날까지 방치. 상당히 거슬리는데요!

뭐, 기계치인 남편들도 꽤 있겠지요. '여자니까 아이를 좋아할 것'이라든지 '요리를 잘할 것'이라고 자기 멋대로 끼워 맞추는 것이 민폐인 것처럼요. '남자라면 기계에 강할 것이다'라는 고정 관념에 "모두가 그렇지는 않아!"라고 반론하고 싶은 남자도 많을 겁니다.

하지만요, 새로 나온 텔레비전이나 컴퓨터의 배선은 역시 남편이 해주었으면 하는 것이 아내의 마음입니다. 뭐가 뭔지 알 수 없는 갖가지 코드를 척척 연결해서 텔레비전을 켜는 모습에 아내는 감동받습니다. 인터넷을 훌륭하게 개통해서 당신의 그런 모습에 반할 수 있게 해주세요. 현대 사회에서 얼마 안 되는 남성의 체면을 세울 수 있는 기회이기도 하니까요!

남성 복권의 기회를 부여해 보면 아무리 기다려도 켜지지 않는 텔레비전에 연결되지 않는 인터넷~. 언제까지 우리 집을 정보의 외딴섬으로 만들 셈입니까? 더는 못 참겠어요. 내가 할 테니 사용 설명서 당장 이리 내! 당신은 찬장 조립이라도 해요! 뭐? 손가락이 꼈다고? 알게 뭐야?

 **경향과 대책**

능숙하지 못한 것은 어쩔 수 없죠. 시간 낭비일 뿐입니다. 포기하고 아내분이 사용 설명서를 읽으세요. 또는 대리점 직원의 설치 서비스의 힘을 빌리는 방법도 있어요. 물론 비용은 남편의 용돈으로 메우고요.

# 자기 합리화 남편

니 멋대로 해!

## 👀 마늘님은 보았다!

• 인디언 놀이를 하고 있는 딸(3세)에게 "인디언이 아니라 네이티브(native, 토박이) 아메리카인이라 해야지"라고 타이르고 있다. "한 꼬마 두 꼬마 세 꼬마 네이티브 아메리카인 ♪" 노래 부르는 딸!

• "초콜릿이 예전에는 약으로 쓰였다"고 주장하는 남편. 몸에 좋으니까 얼마든지 먹어도 좋다고 생각하는 듯. 그럴 리가 없잖아!

식사 중에 복이 달아나는 행동에 주의를 주었는데, 그거에 합당한 변명을 30분 동안 듣는 처지가 될 줄이야. 전혀 생각하지 못했네요. 내가 그 이유를 들었다고 "그러한 이유가 있는 거야. 그러니 어쩔 수 없는 거구나♪"라는 전개로 흘러갈 리도 없고. 그냥 그럴 땐 "미안"이라는 한마디로 끝나면 될 뿐인 것을〜.

'논리적 사고'라고 하면 듣기엔 좋을지 몰라도, 내가 "아"라고 말하면 "어"라고 말하면서 절대로 자신의 잘못을 인정하지 않는 억지를 늘어놓지요. 하나하나 대응하는 거에 정말로 귀찮습니다만!

상대방 논리를 깨뜨리는 것에 기를 쓴 나머지, 스스로 자신의 무덤을 파는 멍청한 남편들도 많지요. 아내의 분노 게이지가 점점 올라가고 있다는 것을 전혀 깨닫고 있지 않아요.

흔히 말하는 "일과 나, 어느 쪽이 더 소중해?"라는 문제(그걸 묻는 여자도 빵점이지만)처럼 감정적인 부분과 직결되어 있는 질문에 쓸데없는 논리적 답변으로 여자의 기분을 망치는 것이 남자란 족속. "물론 당신도 소중하지만, 현재 내가 맡고 있는 안건은 거액의 거래가 성립되느냐 마느냐라는 중대한 국면에...이러쿵 저러쿵..."이라는 논조로 받아치면 어쩌란 거지? 그다지 당신의 일에 대해 자세히 알고 싶지 않다고.

 **경향과 대책**

"아니, 그런 게 아니라"고 변명하는 지점에서 남편은 이미 당신을 이해하지 않고 있습니다. 들으면 들을수록 논점이 흐려지는 것에 "으이〜구!"라고 열받을 뿐이니까, 적당히 흘려보내든지, 화제를 바꾸는 것이 정답.

# '으~리' 남편

## 👀 마눌님은 보았다!

- 추워서 히터를 사고 싶다고 말하면 "단전 (배꼽 밑의 부위)에 힘을 넣으면 열이 발생해서 따뜻해진다!"고 말하는 남편. 이봐, 춥다니까.

- 한겨울에도 가죽점퍼에 반소매 티셔츠... 계절을 느끼지 않고 있어.

건강한 것은 보기 좋지만, 어쨌든 답답해 보여! 소리가 너무 커서 시끄러워! 쓸데 없이 움직임이 커! 한겨울에 반소매인데도 왜 땀범벅이지? 자전거가 아니고 때로는 대중교통을 이용해서 여행하고 싶은데요. 그럼 희한하게 기차 여행을 준비하는데, 항상 '입석'. 확실히 당신은 언제나 청춘이라 어르신들에게 자리를 양보해야죠.

'사랑'과 '정의'라는 단어를 너무 좋아하고 무엇이든 정신적으로 해결하고 싶어 하지만, 세상이 그렇게 단순하진 않거든요. 지저분한 사랑도 있고 입장이 바뀌면 정의도 바뀌는 것이 세상의 현실임. 이미 그걸 깨달았다고 해도 늦을 나이인데, 젊을 때 상당히 행복한 인생을 걸어오신 건가요? 치고받아서 사이가 좋아진다면 팔레스티나 문제라는 건 있지도 않겠네요.

그래도 건강이 장점이라고 생각하면 필요할 때는 새가슴을 드러내서, 참 의미가 없네!!

 **경향과 대책**

확실히 답답해 보이기도 하고 항상 기운 넘치는 모습에 욱할 때도 있지만, 적극적인 사고방식은 역시 장점이네요. 그런 남아도는 힘을 발전소 같은 데에 활용할 수 있으면 좋을 텐데요.

# 추잡한 남편

## 👀 마눌님은 보았다!

- 소파에 앉으니 뭔가 부스럭 부스럭거려서 확인해 보면 틈 속에 감 씨앗이 빽빽이. 심은 거야? 감이 아니라 곰팡이밖에 안 피는 거 같은데~.

- 병원의 화장실용 슬리퍼를 대합실에도 신고 들어왔다. 바로 지적하면 "일반 슬리퍼랑 같은데 뭐 어때?" 형태만 같겠지...

그다지 상관없지만, 남편의 행동 하나하나가 한번 신경 쓰이기 시작하면 끝이 없어요. 어이! 잠깐 멈춰!

양말을 뒤집어 벗어 놓은 채 세탁기에 던져 놓지 마!! 과자 먹은 손으로 유리창 만지지 마! 콩밥인데 달걀 풀어서 먹는다든지, 게다가 지금 껍질도 함께 들어간 거 같은데? 오늘 식사 메뉴는 한식인데 마요네즈는 왜 꺼내는 건데? 숟가락에 밥풀 묻은 채로 찌개 떠먹는 거 그만하지 그래? 커피나 우유가 남아 있는 컵에 차를 부으면 그거 어떤 맛일까? 화장실 갔다 온 후 2초 만에 손 씻으면 뭐가 씻기는 거지? 그리고 어떻게 하면 손 씻는데 세면대 물이 여기까지 튀는 건데. 씻고서 옷으로 닦지 마! 애도 아니고? 좀! 자른 손톱이 여기 저기 바닥에 튀는데요! 니가 쓰고 있는 칫솔, 내 거잖아!! 설마 지금까지 그렇게 사용했던 거야... 칫솔 폐기 처분. 욕조에 뭐가 떠올라서 보면 과자 봉지가~. 애가 아니라 당신이 그런 거야!

하아, 하아, 이거 내가 쪼잔한 걸까요? 아니겠죠?

 **경향과 대책**

정글에서 조난했다거나, 인류 멸망의 위기에 처했을 때 살아남는 것은 이와 같은 종류의 인간들. 그때야 비로소 그와 결혼한 것을 당신은 행운으로 생각할 것입니다. 응? 애초에 그런 상황에 처하고 싶지 않다고요? 그건 그렇죠.

# 신경과민 남편

## 👀 마눌님은 보았다!

- 귀가하면 현관에서 모두 탈의. 어쨌든 바깥만 오염되었다고 생각하는 모양.
- 자가용에 남이 탈 때는, 신발을 벗으라고 함. 차가 집이냐?

- 살균 스프레이 양이 상당히 빠르게 줄어듦. 무엇이든 살균, 항균. 왠지 역으로 저항력이 낮아질 것 같은 느낌이~.

추잡한 남편에서도 살펴보았듯이 '과유불급'이라 신경과민 남편도 함께 살면 매우 고되답니다.

　모든 것은 정해진 장소에 두어야 하고 조금의 틀림도 용서치 않지요. 수건이나 속옷은 소재나 모양 등으로 분류·정리하고 와이셔츠는 항상 정해진 스타일대로 만 다림질하고 눈에 띄는 먼지는 즉시 데굴데굴(접착테이프가 있는) 테이프 클리너를 이용해서 처리. 세탁이나 청소 방식에도 자신만의 방식이 있어서 하나하나 점검 들어갑니다. 물론 스마트폰 화면 보호 필름은 붙은 채로. 리모컨에도 먼지 방지 커버가 씌워져 있고 텔레비전 화면에 지문 하나 용납 안 되는 건 물론이죠. 정기적으로 냉장고 점검을 실시해서 유통기한이 하루라도 지난 것을 보면 용서 없고, 반찬은 하루에 30가지 품목을 엄수해야 하고, 밥은 한 번 먹을 때마다 100번씩 씹어야 되는... 하아, 하아, 왠지 이 집에 산소가 부족한 거 같지 않나요? 함께 있으니 엄청 숨 막히는데요. 창문 열어도 될까요? 네? PM 2.5(초미세먼지)가 들어오니까 안 된다고요...?

 **경향과 대책**

이러한 성격은 숨길 수 있는 것이 아니기 때문에 결혼 전부터 눈치챌 수 있을 겁니다. 추잡한 성격을 자부하는 사람이라면 결혼을 다시 생각해 보는 것이 좋을지도. 다만 결혼이란 공동생활 속에서 점점 타협을 배우는 남편도 많이 있기 때문에 사랑과 무신경함으로 강하게 마이웨이를 관철해 보는 것도 하나의 방법일 듯!

# 미각 수준이 현저하게 떨어지는 남편

하이라이스임

## 마눌님은 보았다!

• 장어와 꼼장어를 구별하기 전까지는 회전
스시 집에 갈 자격이 없음.

• 발렌타인데이에 직장에서 고급 초콜릿을 받
아 왔길래, 가나 초콜릿 한 봉지하고 바꿨더
니 양이 더 많다고 기뻐하는 남편. 금액은
거의 일곱 배나 차이 나는데~.

시험 삼아 비프스튜에 밥을 얹어 줘도 아마 같은 코멘트가 돌아올 거라 생각됩니다.

원래는 '소스, 국, 삶은 요리'를 나타내는 말이라는 '카레'라는 단어.

그렇게 생각하니 남편의 발언도 틀리지는 않네요. 그런 문제가 아니잖아.

대체로 세상에는 아이 입맛을 가진 남성이 많은 것 같네요. 좋아하는 음식도 '카레, 튀김, 햄버거"라니 초등학생 남자애냐?

샐러드는 감자 샐러드(마요네즈 듬뿍 친)라면 허용 범위에 들어가지만, 두부 샐러드라면 범위 밖(시저 샐러드는 반숙 달걀이 없으면 갑자기 입맛이 없어짐).

"남자의 마음을 얻는 것에는 고기지"라는 예전부터 이어온 통설, 상당히 의심스럽다고 생각합니다.

독신 여성 여러분, 남성분의 마음을 얻기에는 돈가스와 카레만으로도 충분하답니다.

 **경향과 대책**

매일 열심히 밥을 챙기는 주부로서는 왠지 보람이 안 느껴지는 이런 종류의 남편들. 간혹 "이거 정말 맛있다!"라고 칭찬할 때는 밖에서 사온 반찬이라든가~. 아 그런가요? 내가 손으로 만든 요리보다 마트에서 세일해서 파는 반찬이 더 입에 맞는가 보군요. 하지만 까다롭게 입맛만 높은 남편보다는 편하다면 편하겠네요. 이어지는 다음 페이지를 보고 속이 시원해졌으면 합니다.

# 쓸데없이 미식가인 남편

## 👀마눌님은 보았다!

- 설날이 가까워지면 옥돔, 지느러미 살, 연어 등 쓸데없이 고급 식재료를 가져오게 하는 남편.
- 외식하면 식재료나 조리법에 관해서 하나 하나 셰프에게 말하고 싶어 한다. 귀찮고 창피하니까 그만두었으면~.

앞에서 보았듯이 도련님 입맛의 남성도 많은 반면, 유명한 요리사가 남성이 많은 것만으로도 알 수 있듯이 뛰어난 미각과 요리 센스를 지닌 남성도 이 세상엔 많이 있습니다. 하지만 이런 사람이 남편이 된다면 실은 상당히 귀찮아져요.

　화학조미료 맛이 너무 강하다, 너무 푹 삶았다, 국물을 내는 방법이 좀 모자라다, 염분이 너무 진하다, 한 가지 맛이 좀 부족하다, 뭔가 한마디라도 싫은 소리를 하지 않으면 마음이 내키지 않는 평론가 남편이어서~. 튀김은 막 튀겨 낸 것을 먹고 싶으니까 그때마다 튀겨라, 저녁 특가 회는 신선도가 떨어지기 때문에 맛이 없다, 도대체 넌 어디 높은 분이라도 되니?라고 물어보고 싶어지는 거드름 피우는 남편. 에잇, 시끄러워! 여기는 요릿집이 아니라고! 그렇게까지 주문하고 싶으면 서비스 비용을 따로 내든지!!

　덧붙여서 평론가 타입의 남편은 잘되라고 생각해서 말하는 경우가 많은 듯. "이것을 고치면 좀 더 좋아질 거야"라니 어째서 위에서 내려다보는 느낌이지?

 **경향과 대책**

　잘 치켜세워서 남편에게 요리를 맡겨 봅시다. 주 2회는 남편의 요리데이로 정한다는 등. 다만 엄청 칭찬해 주지 않으면 토라져서 말을 잘 안 들으니...아~ 귀찮아~.

# 흔적을 남기고 싶어 하는 남편

## 👀 마눌님은 보았다!

• 차나 커피를 한번 마시면 컵은 그대로 방치하고 다음에 마실 때 다시 새로운 컵을 꺼내 마시고 방치. 그래서 어디서 무엇을 몇 번 마셨는지 쉽게 알 수 있다.

• 항상 사용하지 않는 방에도 전기를 켜놓은 채로 있다. 그렇게 세상은 절전, 절전을 말하고 있는데도~.

현관에서 거실에 이르기까지의 곳곳에 남겨진 남편의 행동 흔적. 양말이나 옷은 바닥에 벗어 둔 채고, 문은 열린 채로 있고, 전기는 켜놓은 그대로, 서랍도 열어 놓은 채. 경찰견이 아니어도 귀가 후의 행동이 순서를 따라서 손에 잡힐 듯이 알 수 있어요.

"먹었으면 치워요", "열어 놓고 그냥 두지 마요"라고 주의를 줘도 "그냥 놓아둔 거야", "이따가 어차피 또 사용할 거니까"라는 변명만이~. 백번 양보해서 "그냥 놓아둔 거라" 해도 여기에 두지 말라고 말하고 있는 거예요!

하나하나 잔소리하는 내 자신이 잔소리 많은 엄니같이 생각되어 싫어집니다. 이렇게 몸집이 커가지고 억지 부리는 빵점 아들, 낳은 기억이 없습니다만...

그렇게까지 하고 싶지는 않지만, 잔소리쟁이처럼 말하기 싫다면 '종이 붙이기 작전'은 어느 정도의 효과가 기대됩니다. 보이는 곳에 확실히 큰 글씨로 '벗은 양말은 여기에 넣는다', '서랍은 매번 닫아 둡시다'라니~. 여기가 초등학교냐!!

 **경향과 대책**

종이 붙이는 것도 싫다면, '포기하는' 수밖에 없습니다. 잔소리를 해도 어차피 고쳐지지 않을 겁니다. 가만히 있다가 그냥 나중에 치웁시다. 넘어가요. 부글부글부글~ 내 아들은 그렇게 키우지 않겠어, 부글부글…

# 몽상가 남편

## 👀 마눌님은 보았다!

- 빠른 시기에 은퇴해서 별장을 사고 취미 삼 매경인 노후를 보낼 생각을 하고 있는 남편. "그 자금은?"이라고 물으면 "주식해서 크게 한탕할 예정"이라고 떡 줄 사람은 생각도 안하는데 김칫국부터 마시는 격.

- 취미인 도자기 공예. 본인은 팔릴 거라고 생 각하고 있다. 몰래 벼룩시장에 내놓은 적이 있었는데, 1,000원에도 팔리지 않았다는 것 을 언제쯤 말해야 할까!

결혼 전에는 남편이 자신의 꿈을 이야기하는 것을 황홀한 기분으로 듣고 있었는데, 결혼한 순간, 꿈을 꾸는 남편에게 짜증이 나는 것은 왜일까요? 답은 간단합니다. 생활이 걸려 있기 때문이죠. 회사를 관두고 음식점을 열고 싶다고 말했던 날에는 부부 사이의 온도가 한꺼번에 10도 정도 식어 버립니다. 이제부터 아이에게 얼마나 들어갈지는 생각하고 있는 거냐!

게다가 "라면에 대한 사랑이 심해져서 나만의 궁극의 라면 가게를 열고 싶다"라든지 "커피에 일가견이 있는 나만의 카페" 등 뜬구름 잡는 동기가 대부분. 그리고 구체적인 일에는 계획을 세우지 않아 원가 계산이나 시장 조사조차도 없죠. 그런데(그렇기 때문에) 그들의 머릿속에는 왠지 성공하는 시나리오만 그려져 있다고 하는 지나친 낙관이~.

창업의 꿈은 그렇다고 쳐도 가수나 야구 선수가 되는 꿈을 또 다시 쫓고 싶어 하다니. 남편에게는 꿈이지만 아내에게는 악몽. 어떻게든 그 꿈을 쫓고 싶다면, 이혼 서류에 도장 찍고 나서 해주세요. 멀리서나마 당신의 꿈을 응원하고 있을 테니.

 **경향과 대책**

단순히 회사 근무에 질려서 현실을 도피할 뿐이라는 이야기도 있습니다. 그런 경우에는 주 이틀 휴일과 유급휴가와 보너스는 없어진다고 하는 뜻을 전해 보세요. 그 순간 제자리로 돌아오는 남편이 많을 겁니다. 어이 어이, 꿈꾸면서 잠꼬대하는 것은 밤에 잠잘 때만으로도 충분해.

# 독불장군 남편

## 👀 마눌님은 보았다!

- 거칠게 자기 맘대로 밀어붙이는 모습에 반해서 결혼했지만, 컵을 젓가락으로 땡땡♬ 때리며 "차 끓여라"는 제스처에 내가 격분한 이후엔 입장이 바뀌었다

- 식탁에 밥이나 반찬을 모두 올려놓지 않고 "밥 드세요"라고 말하면 "아직이네"라고 말하는 남편. 좀 반찬 놓는 거라도 도와주든지.

전통적인 순정만화에서는 상냥하고 따뜻한 남자이거나 독불장군 같은 조금 나쁜 남자가 항상 인기가 있죠. 약간 M 성향이 있는 여자애라면 짓궂음과 때때로 드러내는 순수한 애정 표현 사이에 안달이 나서 가슴이 터져 버릴 것입니다.

자, 그러한 S 성향의 남자에게 마음이 끌린 소녀 시대에서 세월은 흘러서 순정만화에 등장하는 주인공처럼 잘생기지는 않았지만, 그럭저럭 자신의 취향에 맞는 S 성향 청년과 결혼. 여자에겐 전혀 관심이 없다는 듯한 새침함이 너무 좋아 죽겠던 것은 신혼 초기뿐. 내가 좋아했던 것은 쪼잔한 트집이나 잡는 거들먹거리는 아저씨가 아니었다고. 아이들이나 시어머니, 친구들 앞에서는 여봐란 듯이 아내를 잡는 주제에 둘만 있을 때에는 응석 부리는 꼴이라니. 그거 확실히 새침하긴 해도 왠지 화가 나는군요. 게다가 어딘가 '아내를 가르치고 있어'라는 듯한 위치 설정. 교육이 필요한 것은 허세만 피울 뿐이고 자기 혼자서는 아무것도 못 하는 것은 남편 쪽인 거 같은데... 무어라? 치킨 사오라고? 도대체 무슨 장군이라도 되냐? 아, 독불장군이지.

 **경향과 대책**

누가 뭐라 해도 독불장군 남편과 사귀는 아내가 대단하군요! 이것저것 떠들어 대도 실제로는 도량이 넓~~은 아내의 손바닥 위에서 거들먹거릴 뿐인 독불장군 남편들. 아내가 없으면 "홍차 있는 곳을 알 수 없어~♬"가 되는 것은 눈에 보이듯 뻔합니다. 때때로 집을 비워서 아내의 고마움을 알려 주도록 해요.

# 마마보이 남편

기분 나빠!!

히

익!!

통화 내역
☑ 엄마
☑ 엄마
☑ 엄마
☑ 부장님
☑ 엄마

← 남편의 스마트폰

다른 여자가 보낸 문자를 발견하는 편이 더 낫겠어...

아빠~ 어쩌다 놀이동산 가는 것도 좋은 거 같아~

안 돼! 할머니가 힘드셔.

## 👀 마눌님은 보았다!

- 아직까지 "엄마"라고 부르는 40줄 넘은 남자라니... 후덜덜.
- 어머니가 선택한(사준) 옷만 입는 남편.
- 가족과 함께 외출 중에 시어머니로부터 "화

장지가 부족하구나"라고 남편의 전화로 연락이~. 예정을 깨면서까지 자신의 '엄마'를 위해서 심부름하는 남편 이해할 수 없어. 어머니 혼자서 갈 수 있잖아요!

뭐 그렇겠죠. 낳아서 길러 주신 어머니를 생각하는 마음은 아름답다고 생각하고 있어요. 모든 남자들이 기본적으로는 마마보이라고 하니까요. 하지만, 정도껏 해야죠!

맛있는 거 먹을 때는 "엄니에게도 드시게 하고 싶네", 아파트 분양 전단지를 보면서 "엄니 방은 여기가 좋겠네", 양육에 대해서 상담하면 "그럴 때는 엄니라면...", 말을 꺼낼 때마다 항상 엄니 엄니.

생각해 보면 결혼식 때도 신부인 나보다도 시어머니 쪽이 어딘가 더 화려했던 기억이. 아이 이름도 어째서 어머님이 정하는 거야? 어버이날 선물을 엄청 정성스레 챙기면서 내 생일날에는 뭘 줬지? 그것보다도 내 생일날은 기억이나 하는 거야? 여행 계획도 시어머니의 일정에 맞춰서 진행. 매번 온천여행 가서 나도 아이도 물에 붙게 만들 셈이야!

말하면 안 된다고는 알고 있지만 한번 큰 소리를 내서 말해 버려도 괜찮을까요? 휴우~(숨을 들이쉬고) 불쾌해!!!

 **경향과 대책**

어머니에게 하는 것처럼 아내나 아이도 소중히 한다면, 이렇게까지 신경 쓰이지 않았을 텐데요. 남편의 마마보이 기질은 참을 수 없지만, 사랑스러운 내 자식에게는 엄마가 최고였으면 좋겠다는 것이 아내의 심정. 부디 이상한 여자에게 걸리지 않기를...라니. 본인도 마마보이 남편의 시어머니 라인이네!

# 배려심이 부족한 남편

## 👀 마눌님은 보았다!

• 아침에 출근한 남편의 잊어버린 물건을 건네주러 따라가지만 내가 따라오고 있다는 것을 알면서도 걸음걸이를 늦추거나 기다리지 않는 남편. 몇 분 전에 나간 남편을 역까지 쫓아가기 위해서는 시속 몇 킬로의 속도로 가야 하는지~. 학창시절 배운 수학공식을 남편을 뒤쫓아 가는 등의 실생활에 적용할 줄은 생각지도 못했다는 후문.

함께 나갈 때도 뒤도 안 돌아보고 혼자서 앞서 나가는 남편. 전철을 타면 자기만 빈자리에 재빨리 앉네요. 무거운 짐도 들어 주지 않아. 뭐 자기 것만 캔커피 사온 거야? 한겨울 밤에 베란다에서 세탁물을 널고 있는 아내에게 "추우니까 창문 좀 닫지"라니. 나는 지금 당신의 팬티를 널고 있거든요! "입덧은 병이 아니야"라는 말, 평생 잊히지 않을 거예요. 아내가 고열로 앓고 있어도 걱정하는 한마디 없이, "나에게 옮지 않게 해"라니, 그 말을 들었을 땐 살의마저 느끼고 있었어요.

정말 악의는 없는 것 같지만, 그러한 둔감함이 죄. 전부 하찮고 사소한 일일지도 모르지만, 가랑비에 옷 젖는다는 말처럼 그렇게 쌓여간 불신감은 에베레스트 산보다 높고, 부부간의 균열은 마리아나 해구(세계에서 가장 깊은 비티아즈 해연에 위치한 해구)보다도 깊어요.

부부는 결국 남이란 말이 있지만, 일면식 없는 남보다도 훨씬 신뢰할 수 없는 내 남편. 숲 속에서 곰을 만나면, 당신 분명히 나를 방패로 삼아 도망갈 거죠? 아, 그 전에 숲에서도 나란히 함께 걷지 않겠구나.

**경향과 대책**

유감스럽지만 둔감함에 잘 듣는 약은 없습니다. 자신의 어디가 나쁜지 남편은 전혀 알고 있지 않겠지요. 뭐, 아내도 감기 걸린 남편을 걱정하기보단 "감기 옮기지 마요"라고 말해 버려요. 이렇게 '눈에는 눈, 이에는 이'의 방법을 택하는 것도~.

# 유죄 확정 남편

만약 당신의 남편이

- **폭력을 휘두른다**
- **건강한데도 일하지 않는다**
- **바람을 계속 핀다**

하는 경우, 그것은 '빵점남편'이 아닙니다.

사회적으로도 유죄 확정인 빵점남자. 그리고 그런 남자와 결혼 생활을 이어 가고 있는 당신도 빵점여자입니다.

그에게는 결혼은 맞지 않습니다. 빨리 그를 풀어 주세요. 용기를 내서 빨리 헤어지고 다른 빵점남편을 찾을 것을 추천합니다.

네? 빵점이 아닌 남편을 찾는다고요? 그런 거는 이 세상 끝까지 찾아도 발견할 수 없을 거예요. 완벽한 인간이 존재하지 않는 것처럼 모든 남편은 사랑스러운 빵점남편인 거죠.

그렇게 말하는 우리들도 뒤가 켕기는 것이 종종 있기에…

**빵점아내** 참회의 방

냉장고 속, 오래된 음식이 연대별로 구분되는 지층처럼 되어 버린 거 정말 미안합니다.

정말

상한 음식이 괜찮은지 항상 남편에게 시험해 봐서 미안합니다.

집을 쓰레기장이 될 때까지 방치해서 미안합니다.

신용카드 청구 금액이 말도 안 되게 많아서 미안합니다.

급할 때는 항상 당신의 존재를 까먹어요.
아이와 나만 생각해서 미안합니다.

남편이 출장가면
내심 엄청 기뻐해서 미안합니다.

미안합니다

제가 화낼 때의 70%는
실은 엉뚱한 데에 화풀이한 것이어서
미안합니다.

이런 책 써서 미안합니다.
(진심으로 사죄)

# 남편의 무관심에 관해서

머리를 잘라도 화장을 신경 써도 남편은 전혀 알아채지 못하는 것.

네. 자주 있는 일이죠.

남편 여러분께 여쭈어 보면 관심이 있고 없고의 문제가 아니라

머리카락이 5cm 짧아진 것이 또는

속눈썹이 1mm 길어진 것이

도대체 그것이 어쨌다는 거냐고 말할 것이 분명하네요.

이랬던 것이→요랬다든지→요렇게 된다면    분명히 반응하겠지만요...

아내에게 흥미가 없는 것이 아니라

작은 변화가 있어도 어쨌든지 "너는 너잖아"란 느낌?

음...억지스러운 느낌도 들지만 뭐~,

"좀 살쪘어?"라든지 "주름이 늘었는데~"든지

쓸데없는 것에 눈치가 빨라도 기분은 별로네요. ㅡ.ㅡ

제3장

# 남편 동물원

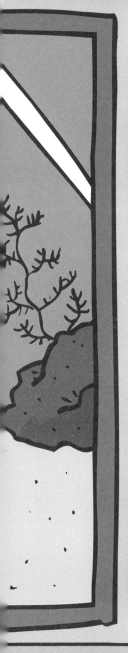

# 침묵 조개

이매패강 석패과

보통은 말수가 적고 본인에게 불합리한 것을 추궁받으면, 더욱 굳게 입을 닫아 버립니다. 오로지 자신의 껍질 안에 틀어박히는 것으로 거친 파도와 냉랭한 부부간 온도를 견디고 있습니다.

　말싸움에는 아내에게 상대가 되지 않는다는 것을 깨닫고 행하는 무언의 저항이라는 것은 알고 있지만, 최근에는 따지지 않는 일반적인 회화에도 침묵하고 있는 것은 도대체 어째서일까요?

　당신, 듣고 있는 거야? 숨은 쉬고 있어?

　그의 입과 마음을 여는 것에는 무엇이 좋을까요…

　조개 구이라도 해볼까요?

# 아내 빨판상어

조기어류 농어목 빨판상어과

휴일에 마트 등에서 주로 볼 수 있습니다. 짐을 들어 주는 것도 아니고, 그렇다고 따로 살 것이 있는 것도 아닌데 아내 뒤를 멍하니 따라다니고 있는 것이 특징입니다. 때때로 사고 싶다는 듯이 생선 회 코너를 바라보는 모습도 관찰할 수 있습니다.

그들이 없는 것만으로 주말 마트는 꽤 넓어질 거라고 생각됩니다만 그래도 부디 방해꾼을 바라보는 것처럼 보지 말아 주세요. 그들은 혼자서 집을 지키는 것도 아내 대신 물건을 사오는 것도 할 수 없습니다. 다 큰 어른이라도 말이죠.

그러나 '달걀은 일인당 한 팩 한정' 같은 경우에는 간혹 도움이 되는 적도 있습니다.

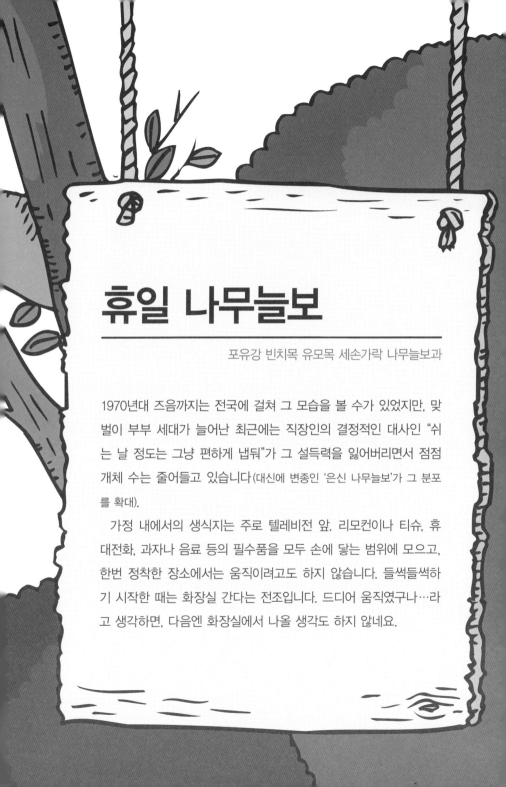

# 휴일 나무늘보

포유강 빈치목 유모목 세손가락 나무늘보과

1970년대 즈음까지는 전국에 걸쳐 그 모습을 볼 수가 있었지만, 맞벌이 부부 세대가 늘어난 최근에는 직장인의 결정적인 대사인 "쉬는 날 정도는 그냥 편하게 냅둬"가 그 설득력을 잃어버리면서 점점 개체 수는 줄어들고 있습니다(대신에 변종인 '은신 나무늘보'가 그 분포를 확대).

가정 내에서의 생식지는 주로 텔레비전 앞. 리모컨이나 티슈, 휴대전화, 과자나 음료 등의 필수품을 모두 손에 닿는 범위에 모으고, 한번 정착한 장소에서는 움직이려고도 하지 않습니다. 들썩들썩하기 시작한 때는 화장실 간다는 전조입니다. 드디어 움직였구나…라고 생각하면, 다음엔 화장실에서 나올 생각도 하지 않네요.

# 눈치 카멜레온

파충류 유린목 카멜레온과

고부 사이에서 늘상 눈알을 굴리며 주위를 살피고 몸 색깔을 변신하며 살고 있습니다.

아내 앞에서 어머니를, 어머니 앞에서는 아내를 비방하면서 둘 모두에게 좋은 모습으로 유지하고자 합니다. 또한 아내 앞에서는 어머니의 품을 벗어난 한 사람의 남자처럼, 어머니 앞에서는 한 집안의 가장인 것처럼 꾸미고자 하는 것도 특징입니다. 양자 간에 뛰어난 가교 역할을 하는 패턴은 극히 적고, 임시방편으로 그 자리를 모면하고자 하는 특성이 강해서 문제는 전혀 해결되지 않고 중간에서 끼이는 느낌만 늘어날 뿐입니다. 여자들의 싸움에 마음과 몸 모두 피폐하고 결국 다른 여성에게 안정을 찾고자 하는 경향도~.

그러나 평온해지는 것도 일시적일 뿐…언젠가는 세 가지 색으로 변화해야 할 날이 다가올 게 분명합니다.

# 가부장 늑대

**멸종 위기종**                                    포유류 식육목 개과

90년대 초반까지 전국에 다수 분포되어 있었던 동양 고유의 육식계 가부장 남편. 학계에선 이미 멸종되었다고 하지만, 지금도 아주 적게 각지에서 종족을 이어 가고 있는 것이 관찰되고 있습니다. 그 수가 급감한 원인으로는 먹이가 되는 초식계 여자의 감소와 천적인 육식계 여자의 증가와 더불어 핵가족화나 경기 악화라는 사회적 요인 등이 지목되고 있습니다.

육식이기 때문에 사냥감을 찾아서 가정 밖으로 널리 사냥하러 나갑니다. 가정 내에서도 독불장군식 행동으로 가족을 고생스럽게 할지 모르지만, 뭐라 해도 멸종 위기종입니다. 그런 와일드함에 끌려서 결혼한 이상, 종의 보존을 위해서라도 그리고 저출산화 대책을 위해서라도 종족 보존에 힘써 주세요.

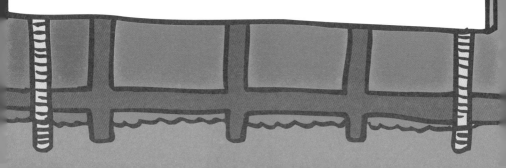

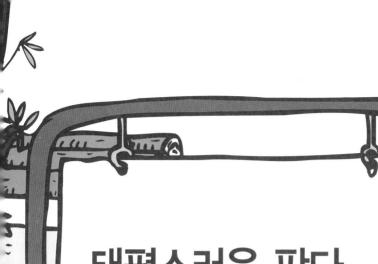

# 태평스러운 판다

포유류 식육목 곰과

뚱뚱하고 둥글둥글한 모습과 태평스러운 동작에서 온화한 동물의 대표로 일컬어지고 있는 판다이지만 화나면 의외로 난폭합니다. 눈 주변의 다크서클로 판별하기 어렵지만, 실은 눈도 무표정이죠. 희귀종으로서의 프라이드가 높고 까다로운 면도 있어 부디 바보 취급하는 언동은 삼가 주세요.

대량으로 구할 수 있어 우선은 죽순을 먹고 있지만 그 송곳니에서도 알 수 있듯이 원래는 육식인 그. 무심코 방심해서 가까이 다가온 작은 동물을 덥석 덮치는 경우도 있습니다. 육식이라고 해서 '배신당했어'라고 생각하지 말 것. 저렇게 보여도 그는 곰의 일종이니까요.

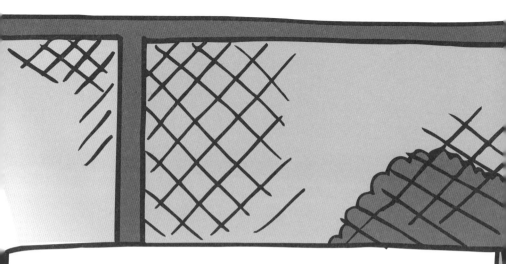

# 머리는 닭

조류 닭목 꿩과

시간을 알려 주는 것도 물론 달걀을 낳는 것도 아니고, 단지 머리의 지적 능력이 닭과 유사할 뿐입니다. 그래서 세 발자국 정도만 걸으면 금방 까먹습니다. "비가 오면 이불 집 안으로 넣어 주세요"라든지 "엽서 우체통에 넣어 줘요" 등을 부탁해도 거의 십중팔구 이불은 비에 젖어 있고 엽서는 상대방에게 제대로 도착하는 경우가 거의 없네요. "쓰레기 분리수거 부탁해"라고 현관에 쓰레기를 두어도 또 그냥 두고 가는 센스. 악의도 없고 물론 병도 아니기 때문에 걱정은 금물입니다. 그냥 기억하는 능력이 없는 것뿐입니다. 이런 머리이기 때문에 닭과 같은 남편을 둔 분들은 사전에 미리 부탁하는 것을 포기하고 매번 반복해서 말해 두자고요. 두 발자국 이내라면 기억할 것입니다. 아마도～.

# 사랑이 필요한 리트리버

포유류 식육목 개과

'전혀 무해함'이란 단어가 딱 맞는 이 동물은 자신의 아내가 너무 좋아서 도움이 되는 일이라면 즐겁게 합니다. 그러나 애석하게도 그다지 유용하지 못하다는 점. 임기응변이나 응용력도 없기 때문에 시킨 것을 말 그대로 시킨 대로만 합니다. 가사를 가르치고 싶다면 외울 때까지 끈기를 가지고 가르쳐야 합니다. 얼마간의 실패에는 눈을 감아 주고 웬만큼 잘하게 되면 꾸준히 과장되게 칭찬해 줍시다. 그러면 설거지 정도는 가능하게 될지 모르니까요(주위가 물로 난장판이 되어도 결코 혼내서는 안 됩니다).

내가 하는 편이 빠르겠다고요? 아아, 확실히 그렇죠!

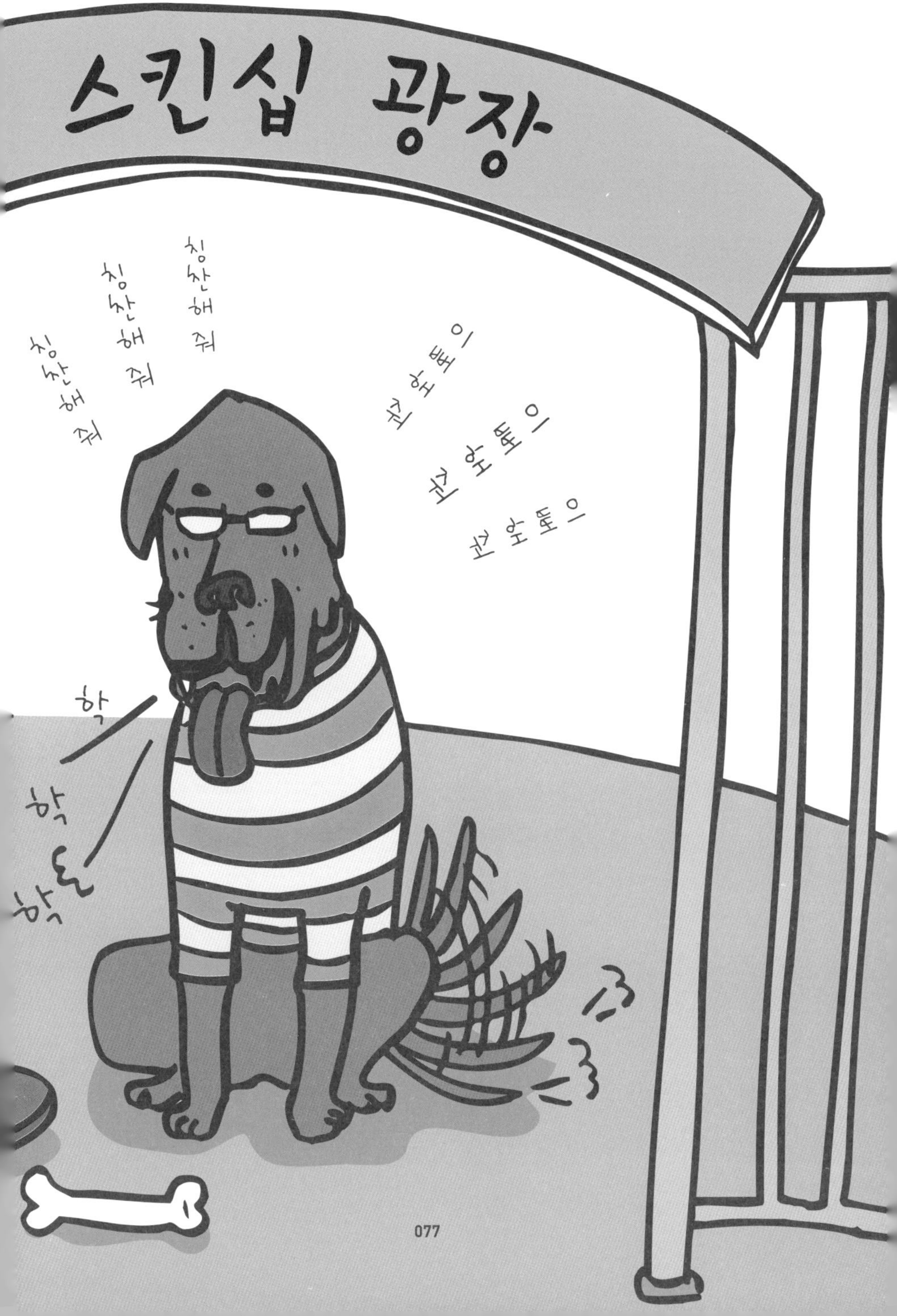
스킨십 광장
칭찬해줘
칭찬해줘
칭찬해줘
이뻐해줘
이뻐해줘
이뻐해줘
학
학
학

# 아메리카 너구리

포유류 식육목 아메리카 너구리과

**특정 외래종**

지금은 스물 커플 중 한 커플은 국제결혼을 하는 시대. 남친이 외국인이라는 커플도 늘어나고 있습니다. 보기만 좋을 뿐 아니라 하루에도 몇 번은 "I LOVE YOU"를 속삭이는 것은 물론 가사와 육아도 부부가 분담해서 합니다. 일보다 가족 우선이라는 이 동물에게 애정 표현이 부족하고 가족보다 일이 먼저라는 재래종 동양인 남편들은 서서히 쫓겨나고 있습니다.

그러나 사육에 관해서는 문화의 차이에서 오는 여러 가지 문제도 보고되고 있습니다. 종교나 민족과 관련된 화제는 민감한 문제이기 때문에 특히 신경 써야 합니다. 음식 문화의 벽 또한 두껍다고 하네요.

# 거리에 육아 남편은 늘어난 듯하지만

그러나 역시 본래부터

수컷 인간의 DNA에 육아는 들어 있지 않네요.

라고 생각했던 적이 종종 있습니다.

힘내서 끈기 있게 훈련을 시키면
어느 정도 도움이 되는 조수로는 키울 수 있지만
어디까지나 조수로만 만족.
(남편 본인들도 육아의 주역이 될 마음이 아마도 없는 듯.)

아이를 키우면서
거기다 어째서 남편까지 키워야 하는 거야!!
하지만 뭐~
DNA에 들어있지 않는 것치곤
열심히 하고 있구나...라고 생각하면
어쩐지
감사하는 마음도 생기더군요.

**제4장**

# 남편 위인전

# 부처

【기원전 7 세기 ~ 기원전 5 세기경 불교의 창시자】

불교의 교조. 석가모니. 실은 샤카족의 왕자로 아내와 아이도 있었습니다. 아내가 아들 라훌라를 낳았을 때, 이미 출가의 마음을 품고 있던 부처는 아이가 출가에 방해가 된다고 생각하여 "라훌라(장애)가 태어났다"고 말했다고 합니다. 아니, 아니, 당연히 할 것을 했으니(?) 아이가 태어나지… 출가 한다면 자제했어야! 게다가 아이에게 그런 이름을 짓기까지! 문제투성이군요. 왕자님에게 시집갔는데 남편이 막 태어난 아이와 자신, 그리고 왕국까지 버리고 중간에 아웃. 출가 결심. 남편으로서는 빵점남편 인정!

# Socrates

# 소크라테스

【기원전 5 세기경 고대 그리스 철학자】

꼭 결혼하십시오. 좋은 아내를 두면 행복해지고, 악처를 두면 저처럼 철학자가 됩니다.

공처가로서 그는 유명하지만, 그의 아내 크산티페는 오히려 악처의 대명사입니다. 아내에게 엄청나게 잔소리를 들은 후 물세례를 받고 "천둥 후에는 비가 이어지는 법이지"라고 태연하게 말했다는 일화도 전해지는 그. 하지만 철학자인지 뭔지는 잘 모르겠지만, 아내가 화를 내도 아무런 반응 없이 아무렇지 않게 억지 이론만 펴는 데다가 집에 돈 한 푼 안 벌어다 주는 극빈 방랑생활의 남편이라니. 그렇다면 악처가 될 수밖에요. 물세례를 받아도 당연하죠…네? 요강의 오줌도 끼얹었다고요? 음…맞아도 싸…지?(←역시 약간은 아내 쪽으로 쏠림)

# 다테 마사무네

【1567-1636 년 일본 진국시대의 무장】

아침과 저녁식사는 맛있지 않더라도 칭찬해야 한다.

외눈의 용이나 오슈의 망나니라는 독특한 별명을 지니고 '다테오토코'라는 협기 있는 남자를 지칭하는 일본어의 유래가 된 전국시대 무사, 마사무네. 실은 요리가 취미여서, 센다이 명물 화과자나 얼린 두부는 마사무네가 개발한 메뉴랍니다. 이유는 잘 모르겠지만 레시피 고안 장소는 화장실이었다고 하네요. 레시피 고안하느라 들어앉은 채 몇 시간 동안 나오지 않았다고 합니다. 확실히 화장실이 집중이 잘되는 장소일지는 모르지만, 어쩐지 별로네요. 죽기 전 남긴 말로 "아침과 저녁식사는 맛있지 않더라도 칭찬해야 한다"라고 합니다. 뭐에 상당히 데인 적이 있었던 걸까요?

# W.A. 모차르트

【1756-1791 년 오스트리아 작곡가】

편지를 즐겨 쓰는 것으로도 알려진 모차르트. '천상의 것'이라고 찬양되고 마음이 정화되는 것 같은 아름다운 선율을 작곡한 천재이니 틀림없이 아름다운 내용의 편지겠네요…라고 생각했더니 실은 말도 안 되는 야설대왕. 아내에게 보낸 편지에는 에로물 야설로 가득하고 첫사랑이었던 사촌에게 보낸 편지에는 똥, 엉덩이, 방귀라는 배설 관련 단어들이 등장(이라기보다는 그 단어들밖에 나오지 않음)하는 등의 저속함이란~. "내 엉덩이를 핥아 줘"라는 곡도 작곡했다니 여기에 적는 것도 한심스러워! 초등학교 2학년 남자아이냐! 빵점남편보다는, 바보남편으로 인정합니다.

# 토마스 에디슨

【1847-1931년 아메리카 합중국의 발명가】

…자네, 누구였더라?

전구나 전력 시스템 등 현재 우리들의 생활에 없어서는 안 될 많은 것들을 발명, 개량한 발명왕에게 이런 말을 하기는 뭐하지만, 정확히 말하자면 발명 바보인 그. 두 번의 결혼 생활을 했지만, 매일매일 연구에만 몰두하고 아내와 자식은 방치해 두었다고 하네요. 심지어 결혼식에도 아내의 장례식에도 연구를 계속했다고 합니다. 연구에 몰두한 나머지, 자신에게 말을 거는 아내에게 "자네, 누구였더라?"라고 물어보는 한심함까지. 모스 부호로 프로포즈를 하고 아이 닉네임도 도트(점, 모스 부호에서 사용하는 '.'기호)와 대쉬(선,모스 부호에서 쓰는 '-'기호)였다는 농담 같은 이야기도~.

# 사카모토 료마

【1836~1867 년 에도시대 말기의 지사】

제 여친이 그러는데
오토메 누님이 자기 친언니같이
느껴진대요. 헤헤.

료마는 어머니를 일찍 여의었기 때문에 누나 손에서 자라게 되었죠. 특히 어릴 적부터 무예나 학문을 가르쳐 준 막내 누나 오토메를 너무 좋아해서, 누나에게 수많은 편지를 보내기도 했죠. 뭐~ 거기까지는 그럴 수 있다고 쳐도, 여친이나 아내의 성격과 사건을 하나하나 써보내고 신혼여행의 일까지 자세히 보고했다네요. 게다가 이 오토메(숙녀)란 누님은, 이름과는 정반대로 '사카모토의 대장군'이라는 별명을 가지고 있는 신장 175cm에 체중 130kg의 거구녀. 누나만 찾는 남편과 최홍만 급의 펀치를 지닌 작은(몸집은 큰) 시누이라니. 아내로서는 너무나도 벅찬 상황이 아닐 수 없네요!

# 찰리 채플린

【1889~1977년 영국 영화배우, 영화감독, 각본가】

인생은 가까이서 보면 비극이지만 멀리서 보면 희극이다.

웃음 속에 반전과 날카로운 사회 풍자를 집어넣은 위대한 희극왕, 채플린이지만, '로리콘'(로리타 콤플렉스의 준말)이란 말의 기원이 되었던 것이 실은 그라는 사실. 세 번의 결혼 상대가 모두 미성년자. 그중 두 번은 임신으로 인한 책임감으로 마지못해 한 결혼으로 곧 어린 아내에게 흥미를 잃고 결혼은 파탄에. 진흙탕 이혼 소송을 일으키는 찌질함. 그와의 초스캔들 폭로 책을 쓴 두 번째 아내, 릴리타를 모델로 해서 블라디미르 나보코프가 쓴 소설 『로리타』가 앞서 이야기한 로리콘의 어원이 되었던 것. 응? 확실히 인생은 멀리서 보면 희극이네요. 채플린 선생님.

# 파블로 피카소

【1881~1973년 스페인 화가, 조각가】

내 창조의 원천은
내가 사랑했던
여인들입니다.

예술가에게는 여성 편력이 많습니다만, 피카소도 예외는 아니었습니다. 결혼은 두 번뿐(만이라니…)이지만 애인을 포함하여 이름이 알려진 관계있는 여성만 해도 아홉 명이나 되었군요. 그중에는 친구의 애인이나 불륜, 46살 차이의 결혼 등. 게다가 피카소와의 생활로 인해 정신이 피폐해져서인지 그의 사후에는 두 명이 따라서 자살하고 현세를 버리고 수녀가 되는 여성이 있는 등 어쩐지 결말이 엉망진창인 듯. 모두 피카소에게 기가 빨린 것은 아닌가라는 기분도 듭니다. 예술계에선 대단한 인물일지 모르나, 엄청난 여성 파멸자는 아닌지! (품위가 없어 죄송)

# 알베르트 아인슈타인

【1879-1955 년 유대인 물리학자】

지금의 아내가 과학을 이
해하지 못하는 것이 행복
합니다.

20세기 최대 천재도 역시 빵점남편이군요. 이과대학의 학우였던 여성과 뜨거운 연애 중, "나랑 결혼해서 함께 과학 연구를 합시다!"라고 프러포즈한 주제에 실제로는 결혼 후에 과학 연구에 몰두한 것은 자기 혼자이고 아내는 과학자의 길을 단념하고 가사와 육아에 쫓기는 전업주부로... 간혹 있지요, 이런 남편들. 게다가 직장을 최우선시하여 가정을 돌보지 않고, 두 명의 아들에게도 냉담한 모습만을 보이다 급기야는 가정폭력까지! 이거 「사랑과 전쟁」의 신구 선생님이 필요한 건 아닌가요!? 그리고 아내와 이혼하고, 자신의 사촌 누이동생과 재혼한 후의 저런 언급이라니. 열이 받네요!

# 다자이 오사무

【1909-1948 년 일본 소설가. 주요 작품은 『사양』, 『인간 실격』 등】

태어나서, 죄송합니다.

알다시피, 유리 멘탈의 갑인 남편. 약물 중독에 과음에 결핵, 자살 미수를 네 번 반복하고(다섯 번째는 자살 완수) 그중 세 번은 외도한 여성과 동반 자살이라니, "아내분, 정말 힘들었겠네요"란 느낌이 듭니다. 그런 주제에 유서에는 "당신을 누구보다도 사랑하고 있었소"라고 썼다고 하는데. 그렇다고는 하지만 남편의 사후에는 인세가 듬뿍~. 아내가 85세로 사망할 당시에는 90억 원 이상의 유산이 있다나 뭐라나. 반대로 잘됐네!라고 생각한 당신, 다자이가 무덤 밑에서 "모두들 천한 욕심쟁이로군요"라고 말하고 있어요.

# 빵점아내 위인전

"남편에게 요강의 소변을 뿌려서 죄송합니다."

소크라테스의 아내 **크산티페**

"남편의 형, 누이와 싸우고 2~3개월 만에 시집을 뛰쳐나가서 죄송합니다."

사카모토 료마의 아내 **오료**

"낭비 삼매경에 빠져 죄송합니다. 저의 낭비벽 때문에 남편이 돈이 들지 않는 공동묘지에 묻히게 돼서 죄송합니다."

모차르트의 아내 **콘스탄체**

제 5 장

# 남편의 취미

# 요리 Cooking

"요리가 취미인 남편님이라니 멋지군요!"라고 관계없는 남들은 그렇게 말할지도 몰라요. 하지만! 여러분은 모르시고 계십니다. 요리에 쓸데없는 돈이 얼마나 많이 드는지~. 오히려 외식하는 편이 싸게 먹힌다니까요. 돈이 드는 만큼 좋은 재료를 쓰면 당연히 맛있게 만들 수 있지! 또 무언가 배달되었네요. 어? 양곱창? 그거 살 돈으로 고급 햄을 얼마나 살 수 있는지 알고나 있어!!

# Golf 골프

혼자만 골프 치러 나가는 것은 백번 양보해서 용서할 수 있다고 쳐도, 골프하는 걸 '일' 때문이라고 핑계 대지 마! 진짜로 일하러 갈 때는 그렇게 잔뜩 설레는 모습 본 적이 없거든? 그리고 언제부터인가 우리 집 애들이 "우리 아빠 일은 골프"라고 말하기 시작했어. '일'이라 말한 이상, 제발 영업 실적이나 출세와 연결되어 주길. 나이스 샷~!

# 마라톤 Marathon

얼핏 보면, 돈도 안 들고 건강해지니까 이상적인 취미인 마라톤. 그러나 각지에서 하는 마라톤 대회를 원정하는 비용은 엄청나요. 제주도 마라톤? 가족은 제주도 여행도 가지 않았는데~. "열심히 하는 아버지의 모습을 보여서 꼭 아이들에게 용기를 주고 싶어"라니. 혼자 올림픽 대표라도 된 것처럼 허세를 부려도, 다음 날 근육통으로 헤롱헤롱한 당신의 모습만을 가족들은 기억합니다.

# 자동차 Car

결혼 전에는 수입 모두를 차에 바친 남편. 지켜야 할 가정이 생긴 지금, 스포츠카를 포기하고 눈물을 머금으며 패밀리카로 바꿔 준 것에는 무척 감사하고 있어요. 아니 그런데 갑자기 RC카라뇨~. 이거 타지도 못하는데 꽤 비싸네요. 그리고 대회라니...그건 뭐죠? 주말을 할애해서 연습이라니, 이게 도대체 무슨 일이죠? 어차피 그거 장난감이잖아요. 정말 이해할 수 없어요!!

# 경마 Horse racing

매주 주말 오후만 되면 만사 제쳐 두고 경마에 매달리는 남편. 도박 중독이야 하고 말하면, 언제나 입에서 나오는 말은 "경마는 단순한 도박이 아니야. 남자들의 로망이지." 마주나 조교사, 경주마 관리사라면 이해하겠지만, '당신'은 그냥 마사회의 좋은 호갱일 뿐이야! 경마장의 저 화려한 장비~. 우리 집에서도 상당한 거금이 들어갔다고!

# Outdoor 아웃도어

건강에 좋은 취미라 괜찮지만 때로는 텐트가 아니라 제대로 된 집에서 쉬고 싶어요. 코펠이 아니라 제대로 된 식당에서 밥도 먹고 싶고요. 마찰을 이용해 불을 피우려 노력하지 말고 라이터를 사용하면 훨씬 편하잖아요... 어? 노후의 꿈은 캠핑카 사서 국내를 순회하는 거라구? 싫어! 나는 적어도 노후에는 문명의 편리 속에서 이동하고 전기장판이 있는 침대에서 푹 자고 싶어!

# 스포츠 Sports

뭐 괜찮아요, 스포츠 관람은 산뜻하고 건전한 취미니까요. 단, 도를 넘지만 않는다면 말이죠. 적어도 회사까지 쉬면서 지방에 시합 응원을 가는 것은 제발 그만 두었으면 하네요. 당신이 없어도 승패에 전혀 지장이 없으니까요. 그리고 경기에 지면 표정이 어두워지면서 그날 하루 종일 침울해 있는 거 정말 민폐이니 참아 주세요. 잠깐! 딸에게 검은 줄무늬 야구복 입히지 말아요!

# 낚시 Fishing

날씨가 좋은 날은 아침 일찍부터 혼자서 낚싯대를 메고 멋대로 룰루랄라 외출하는 남편. 낚시해 온 물고기를 손질하는 것은 아내. 크아! 귀찮아 죽겠네! 동네 마트에 가면 손질된 생선들을 싸게 팔고 있는데! 게다가 낚시하는 것은 좋지만 생선은 싫다니, 당신은 도대체 어떤 사람이죠? 잡아왔으면 책임지고 먹어요. 뭐? 뼈가 있는 건 싫다고? 그럼 오징어라도 잡아가지고 와. 이 문어대가리야!

# 수집 Collection

피규어에 건프라, 철도 모형... 남자들이란 뭐든지 모으고 싶어 하는군요! 신발이 이렇게나 많다니~. 지네나 거미도 아닌 것이. "평생 걸려도 다 못 신어요"라고 말하면 "그건 신는 게 아니야"라며 화를 내는 당신. 아니 몇 번을 다시 생각해도 신발은 신는 거죠. 게다가 방 두 개의 작은 집에서 콜렉션 방이라니. 있을 수 없어! 그 방 청소도 제가 하고 있는 거 아시죠?

# Animation 만화

무엇이든지 자신만만한 얼굴로 만화 대사 치는 거 그만둬 줄래요? 저는 전혀 무슨 소리인지 모르겠거든요. 드라마 속의 건담을 선물로 받는 여자 주인공의 모습을 보면서 격하게 공감하는 나란. 뭐, 불가능할 정도로 예쁜 여자뿐인 이상한 만화에 빠지는 것보단 나을지도 모르지만~.

# 게임 Game

남자라는 존재들은 초등학생부터 중년이 될 때까지 어째서 그렇게 게임을 좋아하는 걸까요? 휴일 전날부터 다음 날 새벽까지 삐용삐용. 그러고선 오후 늦게까지 자니 정말 신세 좋으시네요. 역시 그들에겐 "게임은 하루 한 시간만!! 밤에 빨리 자지 않으면 아침 일찍 일어날 수 없어요!"라고 말해 주는 엄마가 필요한 걸까요.

# 취미 없음 NO

재밌는 방송이 없네~

30년 후에도...

여러분, 좋지 않은가요? 남편분이 다양한 취미를 가지고 계시니. 딱히 취미가 없는 남편들도 꽤나 골치가 아파요. 주말에는 집에서 뒹굴뒹굴. 내가 나갈 때는 꼭 따라오죠. 그것도 패기 없는 모습으로~. 오히려 이쪽이 안달이 납니다. 벌써 정년퇴임 후가 걱정이 되네요. 분재라도 선물해 볼까요?

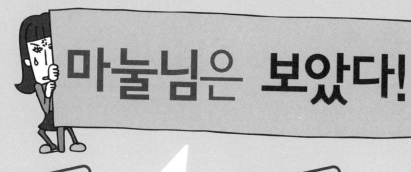

## 육아빵점

○ 기저귀 갈이. 똥이라며 포기하는 남편.

○ 아기를 재운다면서 자기만 코를 크게 골며 자는 남편. 옆에서 아이는 큰 소리로 울고 있는데도 잘 자고 있는 모습을 보니 어떤 의미론 대단한 듯.

○ 노로바이러스에는 염소소독이 기본. 하지만 토한 아이를 염소 소독제로 닦으려고 할 때에는 얼굴을 시원하게 강타하고 싶은 마음이~.

○ "아이를 안고 있으면 어깨가 결려서 머리가 띵해져~"라며 거의 자신의 아이를 안지 않는 남편. 덕분에 아이도 남편에게 잘 안 가려고 하네요.

○ 아기 옷 갈아입히는 것을 부탁하니 내 팬티를 벗기는 남편. 여러 가지 의미로 복잡한 심경.

## 아빠 힘내세요

○ 일을 그만두고 싶다며 정신과 상담까지 받고 오더니, 내가 액막이 부적 하나 사주니 다시 힘을 내기 시작한 남편.

○ 좌천되어 근무 장소도 근무 시간도 바뀌었는데 나에게 숨긴 채 시간까지 조정해서 출근하고 있었다니~.

○ 요새 일 때문에 바쁘다며 가족을 위해서는 좀처럼 월차를 쓰지 않는 남편. 하지만 늦잠을 잤다거나 미열이 있다는 대수롭지 않은 이유로 아무렇지 않게 쉬는 남편.

○ 회사 규정상 야근을 못 하게 되었다며 멋대로 빨리 귀가하는 남편. "야간 알바라도 하지?"라고 말하는 내가 악처?

## 신경이 거슬리다

◦ 위로해 주고 싶은 마음이 생길 정도로 나날이 줄어드는 머리카락을 보며 좌절하고 있는 남편. 차라리 다 밀어 버리지?라는 말은 절대로 해서는 안 되겠지.

◦ 시댁 아버님이 머리숱이 없지만 "나는 외탁이야"가 남편의 입버릇. 마치 자신의 모근에게 되뇌이고 있는 것처럼~.

## 술은 웬수다

◦ 매번 헤롱헤롱 취할 때까지 마시는 남편. 이젠 좀 자신의 주량을 깨달았으면.

◦ 술만 마시면 그 순간에 바로 잠들어 버리는 남편. 결혼기념일 날 저녁, 레스토랑 테이블에 엎드려 잠들어 있는 그를 보고 진심으로 '혼자 올까' 고민함.

◦ 술을 못 마시는데도 매일 밤 무알콜 맥주로 만취되는 남편. 왠지 납득이 안 가.

## 어찌되든 상관없다

◦ 침실이나 욕실에도 TV가 필요하다는 남편. 절대 필요 없어.

◦ 침실의 작은 냉장고도 정말 필요 없지.

◦ 포테이토칩은 감자로 만들었으니까 자연스레 야채를 먹는 거라고 생각하는 남편.

◦ 팝콘도 같은 이치라고 생각하는 남편.

◦ 자신이 모르는 일반상식은 "내가 초등학교 다닐 때는 배우지 않았어"라고 우기는 남편. 수탉이 달걀을 낳지 않는다는 정도는 확실히 학교에서 배우지 않지.

◦ 알코올 소독이 만능이라고 생각하는 남편.

◦ 화장실을 청소해 주는 것은 정말 고맙지만, 한번 청소하면 화장실 청소 세제 한 병을 다 사용하는 것은 너무 과하다고 생각해. 자극적인 냄새로 화장실에서 숨을 쉴 수가 없다는.

◦ 나 몰래 예전 애인 사진을 컴퓨터 안에 몰래 숨겨 두고 있는 것. 저는 이미 다 알고 있어요.

## 비교적 많았지만...

**1컷**
- 지금 빵점남편 도감을 쓰고 있어서, 남편이 빵점인 경우의 이야기를 모으고 있어요.
- 아~
- 우리 남편도 우 빵점남편이 아니어서 할 이야기가 없네요. 죄송.

**2컷**
- 네? 예를 들면 어떤 이야기죠?
- 예를 들자면 체온이 37.2도라고 중병이라고 호들갑을 떤다든지...
- 아!! 그거 그거!!
- 저는 37.2도일 때도 집안일을 했는데!!

**3컷**
- 장보는 방법이 의외로 없다든지.
- 사 사 오라고 시켰더니 두유를 네 개나도 우유를... 회근에도 우유를 사 왔지 뭐예요.
- 소통이 안 된다든지.
- 으.. 몇 번이고 말해도 뭐라고 했어? 라니, 참.

**4컷**
- 우리 집... 그이도 빵점 남편이네요, 정.
- 그 외에도 여러 가지가 있어요 이것저것...

서비스 4컷 만화

정말 다양한 부부가 많아서 매우 흥미로웠습니다.

사적인 이야기지만 남편과는 8년 가까운 교제 끝에 결혼에 골인했습니다. 긴 연애 기간으로 서로 모든 것들은 당연히 다 안다고 생각했지만, 막상 결혼 생활을 시작해 보니 전혀 예상치도 못한 면들을 보고 꽤나 충격을 받았습니다. 아마 그것은 남편 쪽도 마찬가지였을 겁니다.

양성 평등론자에게는 다른 의견이 존재할지 모르지만, 저는 결혼 생활을 통해서 역시 남녀는 서로 다른 생물이라는 것을 실감하게 됐습니다. 그러나 그것은 남녀 우열의 문제가 아니라 성격이나 적성 등의 근본적인 차이라고 생각합니다. 그리고 오히려 그러한 차이가 서로를 더 끌리게 하는 것이 아닐까도 합니다. 또한 빵점인 면만 있는 것이 아니라 달라서 고맙고, 도움받는 부분도 많이 있다는 것을 이 세상의 아내분들은 모두 알고 계실 겁니다. 지금까지 이 세상 남성들을 빵점남편으로 깎아내렸으면서 이제 와서 무슨 소리 하고 있는 거냐 생각하고 계신 건 아니신가요?(웃음)

당연히 빵점인 것은 서로 마찬가지일 겁니다. 취재하는 동안에 '빵점아내 에피소드'도 상당히 많이 있었습니다. 그때 모은 에피소드도 언젠가 다른 책으로 발간될지 모르지만, 현역 빵점아내인 저로서는 비밀로 하고 싶은 마음도 듭니다.

또한 이 책은 저의 주관과 편견에 의해 약간은 한쪽으로 치우친 도감이 될 수밖에 없다는 점에 대해서 이 자리를 빌어 사죄의 말씀드리고 싶습니다.

마지막으로 수많은 사적인 에피소드를 제공해 준 친구나 지인 여러분, 그 에피소드의 남편분들, 이 기획을 실현시켜 주신 소겐사의 야마구치 씨, 이번에도 아주 근사한 디자인으로 마무리 해주신 디자이너 나카세 씨, 감사드립니다. 그리고 누구보다 관대한 마음으로 이 책을 지켜봐 준 남편에게 진심으로 사랑과 감사를 전합니다.

신기하게도, 올해는 결혼 10주년이랍니다. 우리 부부는 오늘도 서로를 '이해할 수 없어'라고 생각하면서 때로는 서로에게 짜증을 내고 때로는 감사하고 때로는 서로를 웃기는 등 여전히 이상한 생활을 계속하고 있습니다.

이노우에 미노루

**옮긴이**

### 한태준

동국대학교 영상대학원 영화영상학과에서 〈일본 영화의 그로테스크성을 통한 근대속 전근대성의 의미 -에도가와 란포 소설의 각색 영화를 중심으로-〉라는 논문으로 석사학위를 취득하였다. 전공분야는 영화이론에서 일본영화에 나타나는 근대적 표상에 대한 연구이다. 졸업 후 대학경제 잡지에 약 1년간 영화 리뷰를 기고하였고 문화학교 서울 저서 『스즈키 세이준, 폭력의 엘레지』 주요작품소개를 부분 기고하였다. 그 외에 서울 아트 시네마에서 〈인협영화특별전〉, 〈마쓰무라 야스조 특별전〉, 〈요시다 기주 특별전〉 관련 아티클를 기고하였다. 번역서로는 『후쿠시마에서 부는 바람』(공역)과 구라카즈 시게루의 『나 자신이고자 하는 충동』이 있다. 현재는 『란포와 도쿄』를 공역중이다. 이 세상 모든 빵점남편들 중 한 명.

## 남편도감 – 어쩌다 아내란 걸 하고 있을까?

글·그림   이노우에 미노루
옮긴이   한태준
디자인   김태형
발행일   2015년 6월 15일 초판 1쇄

발행처   다반
발행인   노승현
출판등록   제2011-08호(2011년 1월 20일)
주소   서울특별시 금천구 가산디지털1로 196 1003호(가산동, 에이스테크노타워 10차)
전화   02-868-4979 (팩스: 02-868-4978)
블로그   http://blog.naver.com/davanbook
페이스북   www.facebook.com/davanbook
이메일   davanbook@naver.com

ISBN   979-11-85264-07-3 03830

**DAME DANNA ZUKAN by Minoru Inoue**